Franklin va al hospital

Con especial agradecimiento al *Community Memorial Hospital* en Port Perry y a *The Hospital for Sick Children* en Toronto — B.C.

Franklin is a trademark of Kids Can Press Ltd.

Franklin va al hospital

Spanish translation copyright © 2002 by Lectorum Publications, Inc.
Originally published in English by Kids Can Press under the title
FRANKLIN GOES TO THE HOSPITAL.

Text copyright © 2000 by Contextx.
Illustrations copyright © 2000 by Brenda Clark Illustrator Inc.
Interior illustrations prepared with the assistance of Shelley Southern.

Story written by Sharon Jennings.

1-930332-26-2 (pb)
1-930332-27-0 (hc)

Printed in Hong Kong

10 9 8 7 6 5 4 3 2 1 (pb)
10 9 8 7 6 5 4 3 2 1 (hc)

Library of Congress Cataloging-in-Publication Data is available.

Franklin va al hospital

Basado en los personajes creados por
Paulette Bourgeois y Brenda Clark
Ilustrado por Brenda Clark

Traducido por Cristina Bertrán

Lectorum Publications, Inc.

ALGUNAS veces, Franklin se resfriaba o le daban dolores de barriga. Alguna que otra vez, se daba un rasponazo, se cortaba o se daba un golpe. Visitaba regularmente el consultorio de la doctora y, en una ocasión, la doctora visitó a Franklin en su casa. Pero hasta ahora, Franklin nunca había ido al hospital.

Franklin y sus amigos jugaban al fútbol. Uno de ellos pateó la pelota y ésta golpeó a Franklin fuertemente en el pecho.

—¡Uuuuuhhhhh! —se quejó Franklin, pero siguió jugando. Esa noche mientras se bañaba, Franklin se quejó cuando se tocó el pecho: —¡Ay!

Su mamá lo revisó y le dijo:

—Mummm. Mañana a primera hora vamos a ver a la doctora.

La doctora Oso, con mucho cuidado, revisó el caparazón de Franklin y descubrió una pequeña grieta.

—No es nada grave —le dijo—, pero tengo que poner un clavo en tu caparazón para que crezca correctamente. Voy a hacer los arreglos con el hospital para operarte mañana por la mañana.

—¿Me va a doler? —preguntó Franklin.

—No, no sentirás nada. Te vamos a dar una medicina antes de la operación para hacerte dormir —le contestó la Dra. Oso—. Cuando te despiertes, estarás un poco molesto, pero pasarás la noche en el hospital para asegurarnos de que todo salió bien.

La Dra. Oso le explicó que sólo se puede operar si el paciente tiene el estómago vacío y le dijo a Franklin que no comiera ni bebiera nada antes de irse a la cama.

A Franklin no le importó. El estómago le daba tantas vueltas que no podía pensar en comer.

Los amigos de Franklin fueron a visitarlo a la casa después de la escuela. Franklin les mostró el libro acerca de hospitales que le había dado la Dra. Oso. Zorro señaló un dibujo y preguntó por qué todos usaban mascarillas.

—Las mascarillas mantienen los gérmenes fuera de la sala de operaciones —explicó Franklin.

—¿Tienes miedo? —preguntó Castor.

—¡Claro que no! Franklin no tiene miedo —dijo Oso—. Franklin es muy valiente.

Franklin se quedó callado.

Muy tempranito, Franklin y sus papás fueron
al hospital. Franklin llevaba su manta azul y apretaba
a Sam fuertemente en sus brazos mientras se despedía
de su cuarto.

Su mamá lo abrazó y le recordó:

—Mañana estarás en casa.

—Ya sé —dijo Franklin en voz baja.

—Eres mi pequeña tortuga valiente —le dijo su papá.

En el hospital le dieron un brazalete con su nombre. Después, un asistente de enfermería lo llevó en una silla de ruedas por un largo corredor.

Franklin miraba todos los aparatos extraños y fruncía la nariz porque había muchos olores desconocidos. Mientras doblaban por las esquinas o atravesaban puertas, Franklin se aseguraba de que sus papás los seguían.

Finalmente, llegaron a la habitación de Franklin.

Una enfermera le dio una bata especial para
que Franklin se la pusiera. Le tomó la temperatura,
la presión sanguínea y le auscultó el corazón. Luego
le puso una crema en la mano.

—Esto hará que tu mano se duerma —le dijo—,
así no sentirás la aguja cuando el doctor te ponga
la medicina para hacerte dormir.

—Está bien —dijo Franklin entre dientes.

—Eres un paciente muy valiente —le dijo la
enfermera.

Al poco rato, el asistente volvió para llevar a
Franklin a otra habitación. La Dra. Oso lo estaba
esperando.

—Vamos a tomarte radiografías —le dijo—.
Necesito saber exactamente dónde poner el clavo.

—No quiero tomarme radiografías —susurró
Franklin.

—Eso no duele nada —le explicó la Dra. Oso—.
La máquina sólo saca fotos de tu cuerpo por dentro.

—Ya sé —dijo Franklin. Y se puso a llorar.

La Dra. Oso se sentó al lado de Franklin y le dijo:

—Dime qué te pasa, por favor.

—Todos piensan que soy muy valiente, pero yo sólo estaba fingiendo —sollozó—. Las radiografías mostrarán que "*por dentro*" tengo miedo.

—¡Oh, Franklin! —exclamó la doctora—. La radiografía no muestra los sentimientos, sólo tu caparazón y tus huesos.

—¿Quiere decir que nadie va a saber que tengo miedo?

—Nadie —contestó la Dra. Oso—. Pero el que tengas miedo no quiere decir que no seas valiente. Ser valiente significa hacer lo que hay que hacer aunque se tenga miedo.

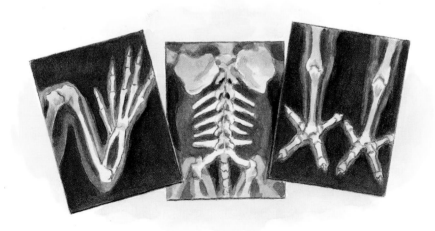

Franklin se quedó pensativo por un momento.

—Bueno, tengo miedo de la operación —dijo finalmente—, pero sé que tengo que operarme para que mi caparazón crezca grande y fuerte.

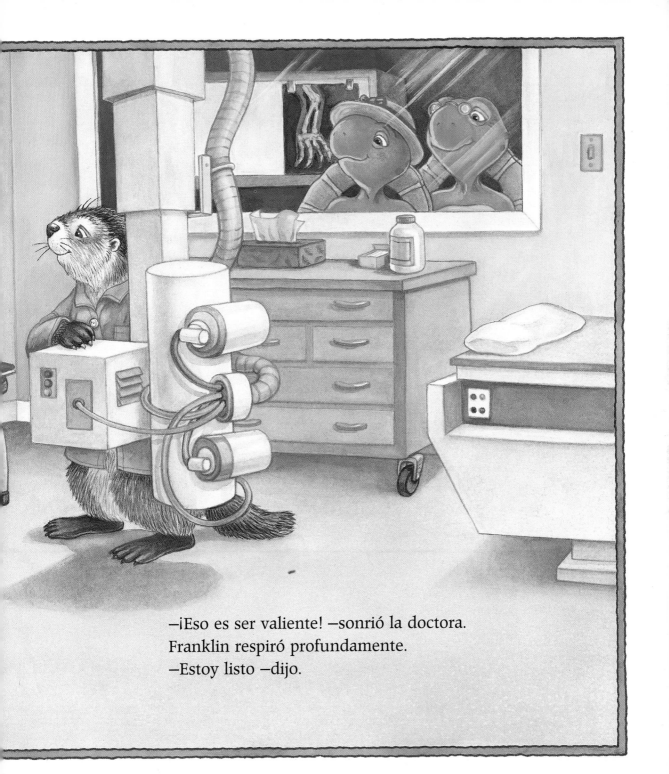

—¡Eso es ser valiente! —sonrió la doctora.
Franklin respiró profundamente.
—Estoy listo —dijo.

Cuando terminaron de tomar las radiografías, Franklin fue trasladado a la sala de espera.

—No podremos entrar en la sala de operaciones —le explicó el papá.

—Pero estaremos en la sala de recuperación cuando te despiertes —le prometió la mamá.

En seguida la Dra. Oso vino a buscarlo. Su mamá y su papá le dieron un beso y se despidieron antes de que entrara a la sala de operaciones.

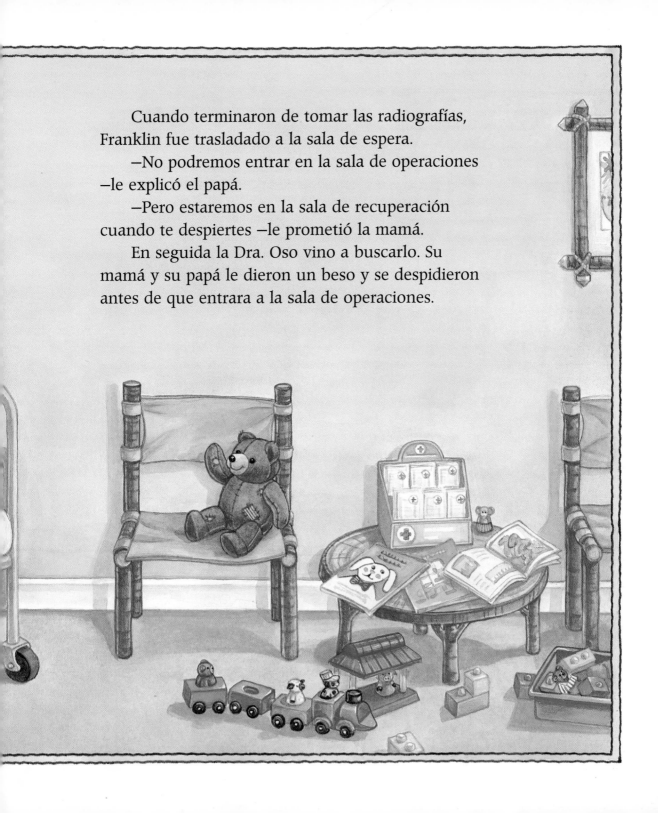

En la sala de operaciones, Franklin saludó a los otros doctores y a los enfermeros. La Dra. Oso puso unos parches en el pecho de Franklin y le explicó que era para observar los latidos de su corazón y su respiración durante la operación.

Luego, el Dr. Mapache lo inyectó en la mano con la medicina para hacerlo dormir. No le dolió nada. Después le pidió a Franklin que contara del cien al cero.

—Sólo sé contar desde el diez —dijo Franklin.

—Eso será suficiente —le respondió la Dra Oso.

—Diez, nueve, ocho... —comenzó Franklin. Y no pudo seguir contando.

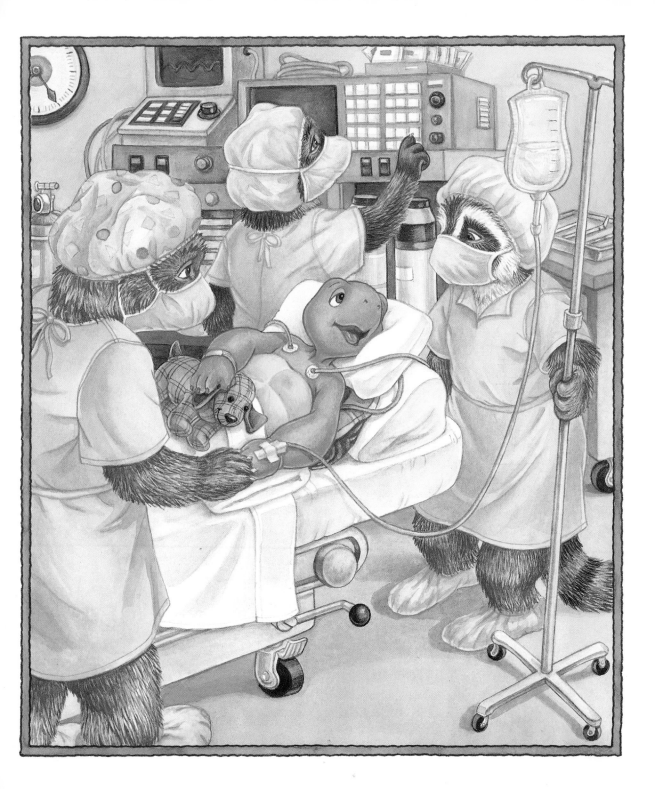

Despierta Franklin —dijo una voz lejana. Pero
Franklin no quería despertarse. En su sueño,
marcaba el gol de la victoria.

—Despierta ya, Franklin —dijo su mamá.

Franklin abrió los ojos lentamente. Vio a sus
papás y a la Dra. Oso y se acordó de todo.

—No terminé de contar —dijo con voz
soñolienta.

—Pero yo terminé de operarte —dijo la Dra. Oso,
sonriendo.

Dos horas más tarde, Franklin ya estaba en su habitación. Caminó lentamente hasta el espejo y observó los vendajes.

—Me parece que va a pasar algún tiempo antes de que pueda jugar al fútbol otra vez —dijo Franklin resignado.

—La Dra. Oso piensa que te vas a recuperar muy pronto —le dijo su papá.

—También dijo que eres un paciente excelente —agregó su mamá.

Franklin sonrió.

Esa noche, cuando los papás de Franklin se
fueron a casa, la Dra. Oso fue a verlo a su
habitación:

—Tengo algo que mostrarte, Franklin —le dijo.
Y sacó una radiografía de un sobre.

—¿Ése soy yo? —preguntó Franklin.

La Dra. Oso asintió con la cabeza.

—Sí, eres tú. Valiente por dentro y por fuera.